숲 속을 거닐다

숲 속을 거닐다

강대실 시집

문학들

시인의 말

많은 생각 속에 살았다.
온갖 부질없는 생각에 마음 잡혀
바닥으로 내려가는 길은 보지 못하고
아까운 세월만 허송해 왔다.
그 부스러기 가득 찬 곳간을 치운다.
겉흙이나 끌쩍거리는 삽질 뒷것들이라
망설이다가 욕이 금이 될 수 있다는
주제넘은 욕심에 다시 한 권 시집으로 묶는다.
돌이켜보면 지나온 길은 들판의 풀처럼
머리 내민 회한뿐이고 아직도
가야 할 길은 까마득한데,
어느새 뒤 따라오는 그림자가 기다랗다.
이제, 한 다락 더 넓고 깊게
마음밭 일구어 하늘과 땅을 읽는 눈도 뜨고
새 창고에는 차곡차곡 알곡을 쌓으련다.

2011년 初秋 추월산방에서
강 대 실

차례

제2부

제3부

제4부

제1부

여우비

왜 그리
천방지축 날뛰느냐

백주 대낮에 곤드레만드레
길거리에 오줌 찍찍 갈기는,

인간만이 하는 짓
아닌가 보다

하느님도 심심하면
유하주에 大醉하여
아무데나 쉬 하는 버릇 있는가?

노을

당신은
하루의 고달픈 終局,
새벽을 꿈꾸는 자의
포근한 둥지.

당신은
나그네 처연한 彷徨,
또 하나 우주를 찾는
핏빛 우짖음.

耳順

바람길 따라가는 生
멀고 먼 길 득달같이 달려
知天命 고개 넘고 나니
이제, 귀나 순해지라 하네

한 마름이 차도록
세상 흥야항야 살아왔나니, 때로는
발등 짓찧고 싶은 회한도
가슴 저미는 슬픔도
보일 수 없는 눈물 속에 묻어두고

얼풋이 보이는 남은 길
서둘지 말고 쉬엄쉬엄 가라 하네
찌륵소도 불여우도
마음 편히 들고 나게
묵정밭 된 마음, 다시 일구며
無量世界 가꾸라 하네.

山村의 밤

감나무 가지 사이로 별이 솟자
마당에 도둑고양이 살금거린다

신작로 집에서 호박전 붙이는가
한 바가지 꼬순내 코끝 간질인다

5촉 전등불 부나비 날아드는데
혼자 따르는 술잔에 거나해지고

풀벌레 개울물 소리 한창 자지러져
구름 틈새 비집는 달이 한가롭다.

겨울산

침묵하는 것들이
아름답다는 것을 이곳 와서 본다.

눈짐 지고도 아무렇지 않는 듯
태연한 겨울산에서

누군가의 아픔을 생각한다.
눈물로 지새웠을 많은 밤들을 생각한다.

가만히 있다고 말이 없다고
고통이나 번민이 없다고 이야기하지 마라.

노송 한그루 끌어안고
살아 온 길 물어 봐라
강 건너 불 보듯 살아 왔는가?

스스럼없이 마음 활짝 열어 주는
겨울산에 들어

눈 내리는 창가에서

가벼워지고 싶다
가벼워야 내려앉을 수 있다면
나도 저 희뜩거리는 눈처럼
가볍디가벼워져 눈꽃으로 내려앉고 싶다

보고 듣고 시 쓰고
하루하루가 수없는 두레박질,
매양 비워내기 연습이련만
한 눈금도 기울지 않는 가련한 세월

키 낮추고 몸집 줄이고
겹겹이 둘러쓴 인두겁 벗어야겠다
심보를 씻고 양심 헹구고, 욕심으로
뒤틀리는 창자 말끔히 비워내야겠다

허공을 바람의 무게로 날아
시려운 가슴에 꽃이 되고 싶다
쓰레기 같은 세상 순백으로 칠하고 싶다

순수한 내 빛깔로 평천하하다가
어느 순간 소리소문도 없이 스러져
아래로 아래로 스며들고 싶다.

숲 속을 거닐다

눈길이 나무와 나무 사이를 더듬는 동안

가슴은 켜켜이 쌓인 사랑이나 미움 따위

그늘에 널어 말린다. 그만 내려놓고 싶은

내가 짊어진 生의 무게는 얼마나 될까

서로 어깨를 걸고 한세상 살아내는 나무들,

그 삶이 더 없이 부럽기만 한데

숲 속에 들어도 한 점 동화되지 않는 나

異邦人처럼 낯설다.

暴雨

참다 참다
울컥 쏟아내던 눈물이 있다

안 고샅 귀동양반 살붙이 하날
비탈진 밭 귀퉁이에 묻던 날,

신작로 건너 밭둑에서
서러운 미륵같이 바라보더니

나직한 봉머리 뗏장 한 장
마지막으로 올려지자

아니라고, 생떼 같은 놈 절대로
땅 밑에 못 넣는다고

歸路

　맑은 날보다 소맷단으로 눈물 훔쳐 산 날 많았어도 다 팔자소관이었다며 결국 곁으로 가야겠다던 당신, 이제 가슴에 지른 불 스스로 꺼 주실 아버지 함께 계시는, 말씀은 없었지만 한 번 먹은 마음은 어쨌든지 금가락지 옥가락지 보다 더 重히 하란 당부셨지요.

　마음 갈피에 바람 드세 길 잃은 짐승처럼 헤매다가 어머니 무덤 찾아 망초대 쑥 쥐어뜯다 언뜻 마루청 옹이같이 번쩍이는 그 말씀, 환청으로 듣고 마음갈피 다잡고 돌아서는 어스름 저물녘.

걸레

닦아 드리고 싶었습니다.
혀끝 불쑥 튀어나오는 날 선 말씨라든가
치미는 부아 주체하지 못하여
냉수 사발 들이키는 입술이라든가
차마 드러내지 못하여
울화로 커 가는 근심 걱정까지도
깨끗이 닦아 드리고 싶었습니다.
외로움에 데인 방황의 시간,
쉴 곳 모른 그리움이라든가
잠들지 못하여 뒤척이는
얄미운 계절의 밤이라든가
아직도 터덕거리며
치열한 사념에 잠들지 못한 여정까지도
말끔히 닦아 드리고 싶었습니다.
닦고 닦아, 깨끗한 세상
만들고 싶었습니다.

청아한 영혼

바람이 훔친 하늘같이
빗물에 씻긴 황톳길같이
한 꺼풀 표피 벗고 싶다

산천이 쩌렁쩌렁한 호통으로
천둥 번개 몰아치고
작달비 억수로 퍼붓는 날

빨가벗고, 벌러덩
너럭바위에 누워서
씻고 씻겨 청아한 영혼 되찾고 싶다.

조각달

십 남매 쪽배에 싣고

동지섣달 雪寒江을

홀로 넘는 울아부지.

내 마음

꽃집 앞 지난다. 향긋한 향기에 취해 문 열고 들어
간다.

꽃 마음으로 세상 보면 그 아름다움만큼이나

세상은 꽃 꽃 꽃.

푸줏간 앞 지난다. 돼지들이 두 눈에 쌍불 켜고 아
우성이다.

돼지 마음으로 세상 보면

세상은 푸줏간, 사람들이 다 돼지로 보인다.

바람의 행로

아무도 없는 들판
돌아서지 못한 바람
추월산 낮은 봉 넘어 듭니다

잎 지기 시작한
미루나무 가지 위 까치집 흔들다
한숨 돌리더니

생강 밭 푸른 잎 스치고
논바닥 벼 그루터기
어린순 간지럼 태우다가

은행나무 가지에 불을 놓아
샛노란 불티 날려
잔디밭에 이글거립니다.

비 개인 아침

앞산도 뒷산도
먼 솔 골짝도 환하다.

통신표 보시고는
선뜻 도장 눌러 주시던
아버지 흐뭇한 마음같이

공판 낸 나락
전수 일등 맞은
복만이 티 없던 얼굴같이

소식 끊긴 불알친구
우연히 만나 들른
죽물전 대폿집 무나물 접시같이

수채화 속 극락이다.

제2부

詩의 눈

하늘이 음울하다
바람이 말 없고
풀들 시름시름 앓는다.

밤새, 지구촌 어드메서
졸개미라도 한 마리
실족했나보다.

향기

시들은 들국화 마른 꽃잎에서도 꽃향기 나요

쓰러진 강대소나무 곰삭은 밑동에서도 솔 냄새 나요

고향 뒷등성이 큰바위 얼굴 먼발치로 보아도

일찍 세상 버린 아버지 생각나요.

나를 만나다

이제 가차 없이
세월의 누더기 벗어던지고 싶다.

뒤죽박죽된 서실 정리하다가 느지막이 아침 때운다.
차 한 잔 챙겨 들고 우두망찰하다 지나온 길 본다.

예제없이 널린 삶의 편린들
因緣의 얼레를 감고 푼 하많은 사람들……
돌연 탈박 둘러쓴 나를 만난다.

꾸물대다 세월이 벼린 바람 맞고 에움길 돌다
간당간당 회한의 강 건너는 얼뜨기,

정수리에 성근 땀내 밴 머리칼
점점 눈멀고 귀먹더니
이제, 삐뚤어진 주둥이 헛나발 불며 거들먹거리는

봄앓이 1

오늘 밤도 이러히 지샐 것인가
울 위로 훌쩍 키를 높인 모과나무
만발한 꽃, 달이 환한 봄밤을

일기예보가 꽁꽁 발 묶는
남해안 외딴섬 등대 아래서
그리움의 모닥불 피우는데
옆에 누운 아내는 봄밤이 달고

꽃을 어루만지다 창문 스치고
파도 위에 눕는 하얀 달빛
뚝뚝 지는 서러운 꽃잎

저 달이 언제 차서 자지러지고
모과꽃 얼마나 더 봄을 게워내야
춘몽 같은 애틋한 그리움 보려나

문지방 넘어 오는 성난 파도소리

눈자위 버얼건 속으로, 어느새
희끄무레 걸어오는 먼동.

花無十日紅

생사의 벼랑 끝 톺아 올라
바람의 독경 소리에 좌선으로
生을 이어 온 너, 벚나무

빛살이 엉클어진 가지
邪念 씻은 빈자리
기다림보다 더 큰 보람으로

오늘은 또
禪門答이라도 하듯 허공에
난분분 난분분 꽃잎 날려
花無十日紅을 말하는데

실오리만한 마음 한 자락
내려놓지 못하고
먼발치에서 마냥
호사를 누리는 이 무지함.

나의 길

뚜벅뚜벅 외길 걸어 왔다
어느덧 산천이 변한 세월 흘렀는데도
아직도 까치발이다

詩의 길은 갈수록 형극의 길
쫓기는 짐승같이 숨 차오르고
기인 목 넘보는 세월이었다

이제 물 본 기러기 날갯짓으로
마음속 큰 길 찾아가리

끝끝내 지평을 열고 열어
연연한 시 한 편 쓸 그날까지

천리향

하늬바람 숨 돌리는 틈새로
솔솔 풍겨 오는 향기,
밤이면 샛강 여울목께서 만나
내 팔 베개하고 별 찾다
왜 이리 밤이 짧냐며 울먹이던
잊으려야 잊히지 않는 그녀

거기 천리향 활짝 피었다
오랜만에 군산 부둣가에서 만나
회포 안주하여 한잔 한다
그리움 얼얼히 취해오고
여우비에 묻은 갯냄새 거나하다

술이 어물어물 주정한다
왜 이렇게
세월 덧없이 흘러 반백이냐며
비척이며 지나온 날들은 어디로 갔냐며
빈 술병 천리향에 묻는다.

억새풀 人生

등성마루
성큼 올라앉았다.

여직 못다 버린
그리움 사무쳐

쉰 해와 달
빈 하늘가 겉돌며

속 채우지 못해
길 잃은 바람에 흔들린다.

꽃씨를 심으며

긴긴 침묵 속 기다림은
볕뉘에 한껏 가슴 부푼 너, 사알짝
불러낸다 바람 잔 시간 밖으로

숫기 잃어 떨리는 가슴
양지바른 대지의 자궁 깊으막에
은밀히 몸 풀 자릴 마련하고

정열의 까만 씨알 하나
지극한 정성으로 골라 심고 돌앉아
기도 속 정갈한 하루가 간다

그날의 설렘 채 가시기도 전에
어느 아침 잉태한 샛노란 떡잎 하나
고고성으로 세상 밖에 밀어내면

그 지긋지긋한 산고, 온이
한 계절 뜨락에 넘실이는 꽃물
사랑의 보람으로 가꾸련다.

못 잊을 사랑

눈길 걷다가 작달비 생각난다고
어깨 들썩이던 사람아
강 속 덩그런 달 너무 곱다고
울먹이며 전활 주던 못 잊을 여자야

잊었느냐 그 약속, 어느 날
앞산 곰바위가 벌떡 일어나
세상 그리움 죄다 쓸어 간대도
우리들 사랑 변치 말자던

오늘도 고향 동구 밖 선돌로 서서
그리움 꽃밭 가꾸다
이우는 꽃잎 서럽고
떠나보낸 빈 가슴 바람처럼 차가운데

여자야, 못 잊을 내 사랑아!
이 봄 청매실밭 에두른 언덕배기
놀빛 젖은 찔레 향 그윽하여
이토록 네가 그리운 게냐?

서글픈 소나무

웬 변덕들이냐는 듯, 늘
청청한 자태로 속내
솔솔 바람에 실어 보내더니

네 그윽한 향기에 취한 인간들
이기의 사슬에 옥죄어
야음 태워져 와

처음 역전에서 만났을 때는
고향집 이웃 잘 아는 형 같아
반갑고 마음 든든하더만

음풍 소슬한 도회
회색빛 야박한 인심
마음 내려놓을 수 없더냐
점점 영걸스런 모습 잃어가더니

오늘은 산마을 벗들 만나

안부 전하고 오는 길,

네 신음 소리 듣는다.

歸鄉

하늘 노랗게 보이는 춘삼월
앞산보다 더 높은 보릿고개
허리띠 졸라매기 진저리가 난다며
열여섯에 어린 동생 업고 어머니 모시고
말만 듣던 서울행 기차 탔던 쌀순씨
한강물 풀리면 꽃소식 묻고
향수가 모닥불 타면 바람 되어
돌나물 쑥국 향에 객수 씻던.
해 기울기 전 객짓밥 청산하고
손짓 빤히 보일 데다
조붓한 처소라도 한 칸 내겠다더니
청댓잎 서걱이는 소리 잇는
장성호 변 화산마을 언덕배기에
제비같이 아담한 둥지 마련
사십오 년 망향의 설움 접고
홑몸 귀향 날, 산천이 앞서 반겼다.
산도 물도 낯까지 서러운 땅,
한사코 붙잡던 묵은 정만 하리요만

격이 없어 일촌이 다 사촌.
두루두루 도타운 정리 쌓으며
꽃 보고 텃밭 갈고 여생 챙기고……
잃은 반생애 찾는다.

가을산에서

저 山 묏부리
아스라한 벼랑 끝에, 질펀히
내 맘 내려놓을 수 있다면

울컥울컥 울음 울어서
그 슬픔 온 산에 저렇게
영롱한 꽃등 피울 수 있다면

나도야 나무들처럼 맨살로
칼바람 진눈개비 맞으며
청청한 사랑 아름 안으련만

돌아보면 지금은
사랑도 유정도 그리움도
찬란히 서러운 오후의 석양길!

가을빛 속 또 다른 빛이 되어
노을 앞자락 밟고
산모롱이 돌아가야 한다.

내 탓

역전 샛골목
딸 다섯 둔 과붓집
막걸리깨나 팔아주었는데
술독에 며칠 쉬었더니
일전에 문 닫았단 얘기 들리고

로터리 통닭집
새 주인이 들어와
산뜻이 신장개업 했대도
한 번도 못 들렀더니
다시금 쥔 바뀌었단 소문나고

玉女봉

天水에 목간하다
넌짓넌짓 훔쳐보더니

요사스런 낯빛으로
가만히 손짓하네

풍암 호반 홍송밭
물바람 여울목에서

머잖은 날 짬 내
스리슬쩍 한번 보자고.

개나리꽃

에구머니
보소, 보소!

저어 언덕배기
봄 처녀들

화냥년인 양
요염하게 차리고 앉아

샛노란 웃음
던지고 있는 거.

흙담집 동무

얼굴이 보얗고 둥그스름했던
흙담집 명문이

아버지는 어디 가셨는지
어머니 형과 함께
머언 남쪽에서 이사 와

한 반 짝꿍으로
자갈밭 학교길 나란히 걸으며
기차 이야기도 들려주고

지붕 여기저기
호박이 살쪄 가는 그늘 마당에서
뒹굴며 같이 숙제했던

시름시름 앓던 형 잃고는
학교에 잘 안 나오더니
어느새 서울로 떠난버린

모진 비바람에 누렇게 익은

호박을 보면

동무 얼굴이 얼비친다.

병아리눈물꽃

병아리눈물꽃이랑
얼굴 맞대본 적 있나요
머리 조아리고 앉아
뚝뚝 눈물 흘려보았나요

행여 눈에 띌세라
숨소리라도 들릴세라
바람도 눈길 보내지 않는
맨땅 끝자리에

눈에 넣어도 아프지 않을
앙증스런 자태로
옴질옴질 모여 앉은
얌전 자르르한 꽃

우리님 단아한 말씀이 듯
마음문 안 열면 볼 수 없는
참깨 알 같은 그 꽃.

제3부

하늘길

마당귀 모과나무
할 일 없이 그냥 우두커니
먼 산 바라보는 줄 알았습니다.

때가 되면 늘 그랬듯
잎과 꽃 피우고
열매 매다는 줄로 알았습니다.

知命 고갯마루 턱
훌쩍 올라앉아 조용히
뒤 돌아보다 알았습니다.

三時禪으로
빛과 어둠 비와 바람 견디며
잎도 꽃도 열매도 맺고

동안거, 하안거 마음공부 하여
날마다 조금씩 조금씩
하늘길 오르고 있었습니다.

老巨樹

별의별
病도 다 있나 보다
인술도 청순한 바람도 소용없어
더는 회생 기미 보이지 않는다
터덕거리며 삼동의 강 넘더니
성큼성큼 쫓아오는 花信에도
생의 끝자락 틀어쥐고
눈 한 번 깜짝 않다니
부끄럼 없는 나들이 길에
생채기만 덕지덕지 안고
이젠 본향으로 가시려나 보다
아름다운 결단의 길에
살아도 살았달 수 없는 목숨,
이리 가슴앓이만 한다.

꽃잎

오-매,
어찌 그리 좋으냐!
저 꽃잎 엽서

안개 속 세상 허덕대다
눈길 한 번
못 건넸구나

황사바람 속
겨를 내어
벙긋이 피워낸 그리움

격정의 네게서
세상을 아름다이 떠받치는
고운 심성 본다.

똘감나무 아래서

비트적거리며 산에 오른다
무지갯빛 山頂은 아직 멀었는데
힘에 부치고 숨이 목에 걸린다.

묵어, 흔적만 남은 무덤 옆
맹감 찔레가시 욱은 똘감나무 아래
선승처럼 가부좌 틀고 앉는다.

숨을 돌리고
마음 가다듬자
수간 속 맥박 치는 소리,

온 몸으로 스민다, 어디선가
'내리 봐야' 길이 보인다는 환청 우레 같다.

감잎 하나 파르르 허공을 날아
내 안으로 파고든다.

봄앓이 2

어디랄 것 없이
여기저기가 쑤시고 저려
노루잠 깨어 뒤척이는 밤
어디선가 송곳같이 파고드는
적막 깨는 소리,
귀를 재면
또-옥 똑 낙숫물 듣는 소리
창밖 여명의 유혹에
화-알-짝 나들문 열고 나오니
겹겹이 쌓인 침묵의 뜨락에
새악씨 볼에 피는 부끄럼처럼
춘색 머금은 석류나무
치렁치렁한 실가지 끝
송알송알 맺힌 빗방울.

자화상

일찍이 나는 어깨너머 농사일 배웠다
열두 가족 구식 위해 여명 앞서 나가신
아버지, 거짓 없는 논밭 귀퉁이 뒤쫓으며
땅 벌이가 제일이라 믿었다

자라, 나는 외지에서 책가방 들었다
생금밭에서 캐 주신 학비로 토장국 끓이며
아버지 말씀의 회초리 반추하다
씨암탉이 알 품듯 사도의 길 새겼다

그러나, 나는 아버지 뜻에 변놀이꾼 되었다
큰돈 거머쥘 욕심에 격 없이
진 데 마른 데 오만 사람들과 한 물 되다
비록 가난하게 살지언정 꼭
따순 가슴으로 세상 서고 싶었다

어느덧, 청청 세월 해질녘 어정대고
달려온 산굽이 길 돌아보면 내 눈엔 왠지

아버지 근엄한 모습만 들어온다
올곧게 사신 그 삶만 환히 보인다.

다시 너를

손사래 향한 헤픈 미소로
바람처럼 돌아선 너,
눈길은 하냥 뒤 쫓지만
달랑 빈 깡통처럼 남겨두고
산모롱이 돌아서 사라졌다
가눌 길 없는 허전함,
개울가 검바위를 찾는다
잔바람에 꽃잎 하르르 날리는
오후의 적막한 신작로 너머
가슴 숭숭한 산 어슬렁이다
멧부리 위 두둥실 흰 구름
멀거니 바라보며 흐르다가
여직 잠 깨지 않아 앙상한
가지 많은 은행나무 붙들고
또 한 겹 고독의 더께 쌓으며
앞산 붉어질 날 기다린다.

기다림

바람의 미아들 우짖음에
초저녁잠은 부지깽이같이 짧고
뒤척임으로 야위어 가는 밤

투욱!
울을 뛰어넘는 소리에
두벌잠은 온데간데없고

희뿌연 여명에, 뜨락
정숙한 침묵 속 어정거리면

울 밑에 웅크리고 있는
샛노란 모과 하나
된서리 흠뻑 둘러쓰고

너무너무 미안해, 불쑥
내가 먼저 손 내민다.

산밭

어머니 빈손 길 떠날 때
유산으로 물려주신 산밭 한 떼기
잘 지킬 맘에 내 앞으로 돌려놓고는
통 부치지 못해 죄만 같은데
아버지 검은깨 말로 털고
미영 참 잘되던 밭이
살피도 놓치고 묵정밭 됐다고
안타까워하시는 모습 눈에 선해
배롱나무 심어볼 양으로
가시덤불 걷어치운다
매부리 같은 가시 한 판 붙자는 듯
냅다 옷과 온몸 할퀴어대고
댕돌 같은 아내 여기저기 생채기 보이며
기껏 해서 이깟 밭이었냐는 한 마디
송곳 되어 가슴 꿰뚫어도
흙냄새, 두 분 향기에 힘 솟친다.

해질녘 풍경

착한 사람들 들꽃처럼 모여 사는
산마을 소년촌 장맛비 그친다.

산문 앞 메뽕 바람 받아 올리면
지붕 위 희뿌연 장막 걷히고
산자락엔 터질 듯한 검푸름

논다랑이마다 풍년 꿈 커가는데
발밑 쏟아져 문드러진 복분자
냉가슴 쓸어내리는 農心,

앞내 허섭스레기 가득한 붉덩물
내 여정이듯 어지럽게 밀려오고
길 건너 점방 앞 숨 돌린 막차
밤톨같이 떨친 봇짐 진 노인네

예제 팔느락팔느락 나부끼는 연기
날다 지친 산새들 어스름 속
둥지 찾는 바쁜 날갯짓.

여름밤

첩첩한 산중 산막
오랜 친구 하나 찾아 왔네
먼길 가다 하룻밤 묵고 싶은 길손처럼
소리 소문 없이 들이닥쳤네
기억의 단편은 강 밑바닥
무늬 돌 같이 희미하였네
勤한 별들 기웃대는 하늘 보며
권커니 잡거니 쌓인 회포 풀었네
"잔은 꼭 나가서 들지만
몸은 천하없어도 들어가 눕힌다"고
지새워 소쩍새 노래에 젖으라며
훌쩍 길 나서는 친구,
멀어져가는 등 뒤를 사자봉* 마루
덩두렷이 기다리던 열엿새 달이
졸래졸래 따라나섰네.

*사자봉 : 필자의 고향 거처 뒷산.

歸泉

훤칠하고 번듯한 이목구비
가지런한 발자국에 호탕한 제일이형도
끝내는 넘고야 만 문턱,

눈 귀 놀라게, 입을 즐겁게
마음속까지를 부르게 하면
못 이룰 게 없더라 하며

세상이 좁아 산을 날고 물 위 뛰고
세간의 요술방맹이
고향 뒷산 큰바위 얼굴 되더만

혼미한 기억에 혈육 보고 싶단 말은
단말마의 고통이었으나, 끝내
눈 못 떠 이루지 못하고

꿈 키우던 노령의 준령
밀잿길 아련히 바라보이는 영락공원
황토 땅 영생 낙원 찾누나.

개 짖는 밤

외딴집 꺼멍이 산촌을 독식한다.

여흘여흘 흐르는 개울물 소리
바람에 쫓기는 낙엽의 발걸음 소리
이장댁 암소 산고의 울음소리
재를 넘는 짐차 가쁜 숨소리를
물어뜯는다.

길 건너 두서넛 흔들리는 불빛
둘러서서 앙탈 부리는 산
죄지은 것같이 댓구 없는 하늘
내 어질머리 나게 끈적이는 그리움을
그예 통차지한다.

밤이 이슥토록 컹컹 짖어 대며
세상을 하얗게 먹어 치운다.

유정

깜빡 잠 속 떠오르는
울며 북으로 북으로 가던
기러기 가족.

세상에, 맨발로
달빛도 하얗게 얼붙은 밤바다를
얼마나 발 시렸을꼬!
온몸 꽁꽁 얼었을꼬!

생각하면 할수록
아르르 저며 오는 가슴골
어느덧 희읍스레 밀려오는 여명

제4부

그해 여름

진초록 푸른 잎 사이사이
꺼멓게 익어 가는 복분자 밭머리
느티나무 그늘 자락 깔고 앉아
흰 구름에 눈길 준다
그냥 지나는 길, 막무가내
속가슴 질러대는 바람아!
못 가진 것도 죄라면 큰 죄 지었나니
진한 밤꽃 향기에
두견이 애달픈 울음 토해대면
이름 없는 골짜기 절로 피고 지는
그늘골무꽃 그리움에나 살련다
영영 낮 가고 기인 밤 오면
달 넘어 오는 산마루
등 굽은 노송 두엇 내다보이는
생풀 풋풋한 언덕배기에
가만, 가만히 눕고 싶다.

흙내 맡고 싶었다

잃어버린 흙내 맡고 싶었다.

대처 생활 마음에 격이 생겨
눈에 모를 세우다가도 옆이라도 보면
한정 없는 부끄럼 떨칠 수 없어
비루해진 이 몸 끌고 쌍태리* 큰밭으로 간다.

흙의 숨결에 마음 다잡으며
후줄근히 땀에 젖어 삽질한다
감나무 밑에서 쉬기도 하며 나를 생각해 본다
그럴 때면 흙은 긴말할 것 없다는 듯
넌지시 土龍을 내보이기도 한다.

잡풀이며 가시나무 같은 것들에게도
어미 닭처럼 품을 내준다는 듯
뒷발치께로 눈길 이끈다

어느새 몸에 향긋한 흙내 스민다.

*쌍태리 : 필자의 고향마을 (담양군 용면에 있음)

애꾸눈이

무거운 걸음으로 산 오른다
어느새, 몽환은 땀 되어 줄줄
벌 받을 때처럼 흘러내리고
돌아보면 아스라이 널린 아름다움
세상은 살아볼 만한 선계
터놓고 해종일 마음 녹이다
따라나서는 긴 그림자 달고
쾌재 부르며 하산한다, 한데
삽직거리에 닿자
눈뿌리에 화등잔 켜 단 듯
여기저기 눈에 띄는
부랑인 노숙자 장애우……
이웃의 모든 아픔들
아마 나는 애꾸눈이다, 때로는
눈맛 마음맛 나는 것만 보이는.

큰누님

문갑 속 모신 族譜 보면
세월 깊이보다 더 애틋이 생각난다
여섯 살 위 양순이 누님.
갓 세 살 빼쭈룩한 떡잎,
젖배 곯았을까?
돌림병 맞았을까?, 아님
전생의 업 다 못 벗어 세상 버렸을까?
생전의 두 분께는 입도 뻥긋 못하고
맏형 한 점 기억 없다 하시고······
어느 꽃밭에 옹그리고 있는지
백화 만발하셨을 큰누님,
가슴에 묻고 가신 부모님 전에
'소녀 양순이올시다' 찾아뵙고
오붓이 사시나 몰라, 아마.

망초꽃

마른하늘에 생벼락인가요
한 돌기 연륜 채 감지 못한
창창한 나이에
땡감이듯 뚝 떨어지더니
두 눈 다 못 감고 황망히
망초꽃길 따라 떠난 형이여!
못 잊어선가요, 떡잎 둘
해마다 그맘때 두견이 울어대면
풀빛 짙은 들길 하얗게 서성이다
무덤가에 발돋움하고 서서
동구 밖 먼 신작로 바라
곰삭은 그리움에 스러지는
마음에 서러움 묻어나는 꽃.

배롱나무

추월산 관광단지 초입 내리막길
조심조심히 따라 가면
우측 길턱 교통 표지판 안고 있는
화사한 나무 한 그루,
어느 여름날 정처 없는 길 가다
우연히 만나 길동무하고부터는
꼭 성자 같은 배롱나무
오늘도 묵묵히 길목 지켜 서 있다
줄곧 서행을 당부하더니
어느새 앞질러 왔는지
보리암에서 뵌 적 있는 부처님같이
가부좌 틀고 앉아 간절히
미소 공양으로 무사를 비는
언제고 마음밭에 기르고픈 나무.

용동* 느티나무

앞들 샛강 돌둑 바로 옆에
느티나무 어르신 한 분 계시다.
풍채 의젓하고 기력 왕성하고
식솔도 몇 거느린 것이
사오백년은 족히 사셨으리라.
한동안 큰 산같이 끄떡 않더니
복사꽃 유혹에 연초록 染髮한
한참 바람난 총각이시다.
아마, 올 휴가철에도
선남선녀 불러들여 잔치 벌이리라.
근데, 노구에 무슨 정력인지 몰라
가만히 다가가 살펴보니 웬걸,
몸에 커닿게 빈 창고 하나 짓고 계시다.
세상살이 어찌 그리 알고 비워냈는지
애도 쓰래도 다 들어내고
텅 빈 가슴으로 계시다.
밑 없는 항아리 품어 사신 거다.

*용동 : 전남 담양군 용면 용연리 용동마을

폐교의 메타세쿼이아

가마골 길목 외진 산마을
가파른 산자락 밑 폐교,
경계에 선 열아홉 그루 메타세쿼이아
깊어가는 산빛에 젖어
애초의 당부 말씀 저버리지 않는다
일렬로 길게 세워진 채로
운동장 가득 푸른 그림자 담고
허허로운 학교 지키고 있다
어깨 너머 들은 배움이련만
가문 세상에 본이 되려는 듯
한 번을 틈 버그러진 일 없다
서로 어깨 나란히 겯고
기약 없는 기다림 속에 도란도란
산 너머 먼 길 내다보며
그때 함성보다 더 푸른 기상
넓고 높은 하늘에 펼친다.

엮임에 대하여

법성포에서
천혜의 풍광에 몸값이 금 되는
줄줄이 엮인 굴비두름 본다, 어디
엮이는 게 굴비뿐이랴?
부모 자식 부부로,
친구 동료 이웃……으로
우리는 겹겹이 엮이어 산다.
그러나, 요즘 TV에 돈에 눈먼 사람들이
세상살이 不知不識 간 넓어진 보폭만큼이나
오랏줄에 굴비처럼 엮이어
닭장차 오르는 추태 수없이 본다.
칼자루 쥔 의자 올라앉을수록
한밑천 단단히 잡을 호기라도 만난 듯
돈독에 한없이 얼이 나가
팔고리 동아줄에 꽁꽁 엮이어
권위와 인품에 먹칠 하고
인생 종지부 찍는다.
종당에는 빈손으로 칠성판에 엮이어
무덤으로 가는데

어떤 친구

결혼이 무슨 애들 소꿉장난인가?
한 친구가 차량 실족으로
병상 신세 지다 목발로 나와, 결국엔
직장에서 늙은 도짓소같이 되더니
생활 전선에 나섰던 부인
알바에 보험에 방물장사로 돌다
사방에서 떼이고 빚만 쳐지고
친구 역시, 산 입에
거미줄 치게 할 수 없어 투자했더니
덜컥 덫에 걸려 날리고 빚에 치여
하나는 몇 십 년을 통째로 쥐어 준 봉투
어디다 숨겨두었냐 하고
하나는 여우한테 홀려 쪽박 찼다고
서로 네 탓 네 탓하다가
얼기설기 마련한 아파트며
묻어 둔 논 몇 평까지 홀랑 넘겨주고
끝내는 도장 찍고 돌아섰다 하네
금이야 옥이야 하다가도

한 번 토라져 등 돌리면
부부간은 깨어진 그릇 되는가?
질그릇 깨고 놋그릇 장만 못할진대.

호수

외진 마을에 호수가 들어섰다
산이 슬그니 다가가 보듬자
山水는 수려한 금실에 살게 되었다
만화방창한 어느 춘일 우연히
수면 위 자기 모습 본 산,
풍광 찾아드는 그 어떤 이보다
훨씬 더 아름답다는 자신감에
대처로 떠날 꾀를 부렸다
호수의 깊은 마음 떨칠 요량으로
남몰래 온몸 두레질하여
한여름에 이를 즈음에는
허벅지가 빤히 드러나 보였다, 어느 날
이를 눈치 챈 호수, 속앓이하다가
때마침 들른 먹구름께 아뢰니
연거푸 한숨 몰아쉬더니
이제는 산까지 바람 들었다며
삼일곡을 해댔다
호수는 다시 안온히 산 품고
산은 호수 얼굴 보며 잘 살고 있다.

민들레꽃

꽃을 바라본다
서덜밭 돌 틈새 오롯이 피어난
갸냘프고 애처로운 노오란 꽃

소릇이 스미는 서러움
꽃물보다 더 얼얼해지는 속가슴
뜨거운 눈시울

얼마나 그리움 사무쳤기에
이다지 황량한 길목에서
별빛 찬란히 반짝이는 게냐

열없는 위로 말이라도 한 마디
건네기 전, 아른이는
노을 속 스러진 수많은 얼굴들

네 아픔 반의반이라도 나누고파
살포시 안는다 너를
메마른 강 가슴속에.

달구비

먼산 술렁이는 소리,
눈 귀 초리가 좇는다
요동치는 도래솔

다락밭 콩 연신 눕고
한 가닥 선풍 도닐다가
휘익 얼굴 스친다

하늘 산비알에서
밀려드는 시커먼 장막
요란하게 우짖는 떼까마귀

사방에서 후드득후드득
성난 부사리 날뛰고
콩 튀듯 툭툭 주먹비

샛강 지붕 마당에서
기병 함성과 말굽 소리 높고
쏟아지는 달구비 한 둘금.

지렁이

너희들 나라에 무슨 일이라도!

꼭두새벽 어스레한 호숫가 포도에
즐비한 기다란 생명의 군상

전날 전전날도 삼보일배 바치다
주검으로 스러진 상형문자 위에

이 아침 분연히 재물로 드리려는
아까운 목숨들의 행렬

길 잃은 바람의 발길
한 번을 가로막지 못한 나약한 나,
입에 발린 기도뿐.

언덕 위 미루나무

너를 만나려고
우듬지 높다란 까치집 보며
여기까지 달려왔다
한 그루 나무가 못되고
곁가지도 되지 못하고
시려운 강변에 어설픈 해거름
벅수처럼 서 있다
때를 알아 잎을 떨구는 그 아름다움
까치 부부 사랑을 끌어안고
하늘 끝 치키는 이 향기
나를 안기에도 내 가슴이
늘 부족하기만 한 무지렁이
드레드레 부끄러움 매달고
바람 높은 둔덕
네 발 아래 서성인다.

무당벌레

사온일 거둥길 따라
긴 동면 든 산방 찾는다
나들문 빗장 열어 제치자
덥석 집어삼키려는 시퍼런 냉기
도망치듯 비집고 들어서니
때꾼한 무당벌레 한 마리
조아리며 비손하며 인기척한다
이 자가, 무단 투숙을!
감히 어디라고 여기서
반 문 열고 끌어내려 하자
갈쌍갈쌍한 눈빛,
나그네가 외려 주인 노릇을…
엄동설한 어이 건너라고!
가슴 찔리는 소리 들린다.

골목길 노인장

어둑어둑한 도심 주택가
허스름한 기와집
샛문 설주에 달린 형틀 같은 의자에
몇 자락 문안 든 불빛 함께 앉아
빈손 수행하고 있는 노인장
애당초이었을까?
더는 못 보게 한 징벌일까?
그 언젠간, 번쩍 뜰 수 있을까?
괜스레 궁금하고 가여움뿐인데
진흙탕 세상 담벼락같이 살려다
두 눈 뜨고 허방 짚어
큰물에 방천 무너지듯 무너지고
닳고 터진 알발로 허겁지겁 찾으면
사람들 盲者 만나 재수 없다
욕바가지 뒤엎지 않아 감사한다며
마음만 잘 먹으면 북두성이 굽어보시니
밝은 두 눈으로 세상
뜨겁게 녹여보라 등 떠민다.

향토색 짙은 순수와 진정성의 노래

윤석주 시인

문학작품의 효용성의 범주는 넓고 크고 다양하다. 문학작품이 인간 삶의 가치를 높이고 판단하고 응용하고 또는 그 폭을 넓히기도 하고 좁히기도 하는 것은, 그 사람이 지닌 한계성과도 관련이 깊다. 문학작품은 그 작품을 받아들이는 독자의 수준도 중요하지만 작품을 창작하는 작가의 태도나 수준 역시 중요하다. 특히 시는 더욱 그렇다. 그것은 시인이 표현하고자 하는 언어의 영역이 다르기 때문이다. 시는 시인 내면에 응축된 미적 감성이 무엇인가를 찾는 노력의 결과이기 때문이다.

그렇기 때문에 시의 언어는 시인의 본성에 가장 가깝게 접근하고 그 본성이 스스로 인식하는 강한 전류와도 같은 것이라고 할 수 있다. 그래서 최초로 언어의 발생을 연구한 미국의 여성 철학자 랭거는 "가슴이 부르짖는 소리"라는 함축된 표현을 남겼다. 시는 함축된 진술과 묘사를 통하여 시인 내면세계와 사물을 표현함에 있어서 절제미를 갖게 하는 것이 무엇보다 중요하다.

시인이 많은 나라, 대부분의 대학마다 문창과가 있고 평생교육원이 있어서 공부하는데 어려움이 없고, 수백 개가 넘는 저질 문예지에서 추천이라는 미명하에 함량 미달 시인이 배출되고, 신춘문예라는 특별한 문학복권 같은 제도가 있어 많은 시인이 양산되는 나라, 그러면서 아무리 시를 써도 '목구멍'이 해결되지 않는 나라, 그런 나라에서 시가 사라지지 않고 오히려 온라인과 오프라인에서 홍수처럼 범람하고 있다는 것은 기현상이다.

그렇다면 허기진 배를 채우기 위하여 글을 쓰는 것이 아니라 배부른 사람들이 '배부른 시'를 쓰고 있는 것은 아닐까, 아니면 예로부터 시가를 즐기는 민족성이 오늘날까지 면면하게 이어져오고 있는 것으로 봐야 할까, 자문자답 하면서 오늘날 우리 앞에 다가오는 '시의 위기'를 말하지 않을 수 없다. 그렇다고 그런 시인들을 폄하하고 싶은 생각은 추호도 없다. 왜냐하면 '돈'이 되지 않고 '생활'도 되지 않으며 '미래'가 보이지 않지만 시를 천형처럼 끌어안고 시인의 '고독한 길'을 계속하여 간다는 것은 개인의 작품에 대한 '평가' 이전에 상당히 특별하고 고귀하며 의미있는 일이라 말할 수 있기 때문이다.

그렇지만 우리는 문학작품이 창작인 만큼 예술성과 생명력과 진실성을 얼마나 지니고 있느냐 하는 평가에 대하여 결코 소홀히 할 수 없다. 작품에 대하여 비평을 한다는 것 자체가 어느 정도 작가의 편을 들어주는 일이지만, 그렇다고 터무니없는 작품을 주례사 하듯 칭찬 일변도의 해설로 지면을 채우는 것은 비평으로서의 아무 의미가 없기 때문이다.

이번 강대실 시인의 세 번째 시집 『숲 속을 거닐다』의 해설을 부탁받고 한 뭉치 원고를 건네주어 찬찬히 들여다봤다. 작품 중에는 더욱 더 갈고 다듬어 숙성도를 높혀야 할 시편도 보였다. 강시인과는 십여 년 전에 어느 문학행사에서 만나 통성명을 했고, 그의 첫 시집 『잎새에게 꽃자리 내주고』를 발간할 때 편집을 도와준 일이 있어 작품 수준은 대충 알고 있었지만, 두 번째 시집 『먼 산자락 바람꽃』을 내고부터는 여러 가지 사정으로 열심히 못 썼다고 했다. 특별히 시 공부를 하지도 않았고 시가 좋아 혼자 습작하고 써온 작품이 칠백여 편, 그 중에서 두 권의 시집을 묶고 나머지 작품에서 고르고, 근래에 쓴 작품을 추가하여 세 번째 시집을 묶는다고 했다.

그럼 시 몇 편을 읽어보자. 시인이 얼마나 고향을 못 잊어 하고 돌아가신 부모님을 생각하고, 산과 강, 풀꽃과 바람, 해, 달, 나무, 나뭇잎, 노을, 그 곁에서 늘 함께하며 울고 때로는 웃으면서 향토색 짙은 우리말로 순수하고 진정성 있는 노래를 하는지, 간혹 눈 마주치는 이웃들과 스치는 자연과 끊임없이 나누는 대화는 무엇인지?

눈길이 나무와 나무 사이를 더듬는 동안

가슴은 켜켜이 쌓인 사랑이나 미움 따위

그늘에 널어 말린다. 그만 내려놓고 싶은

내가 짊어진 生의 무게는 얼마나 될까

서로 어깨를 걸고 한세상 살아내는 나무들,

그 삶이 더 없이 부럽기만 한데

숲 속에 들어도 한 점 동화되지 않는 나

異邦人처럼 낯설다.

– 「숲 속을 거닐다」 전문

　강시인의 고향은 담양이다. 대나무가 많고 담양호 주변에 울창한 숲이 있어 많은 사람들이 그곳을 찾아 일상의 지친 몸과 마음을 쉬고 내일을 준비하며 휴식을 취한다. 어린 시절을 그곳에서 보낸 시인이 피곤한 육체와 마음을 쉬고 싶을 때 제일 먼저 떠오르는 곳이 고향에 있는 숲 아니겠는가. 가정과 직장 사이를 오가며 '내가 짊어진 생의 무게는 얼마나 될까' 자문도 해보고 세상살이 눈치를 봐야 할 때, 삶의 회의가 느껴지고 어디론가 떠나고 싶을 때, 시인은 혼자 조용히 고향 숲 속을 거닐며 마음을 다잡아 보려고 하지만 그 속에 '동화되지 못하고 이방인'처럼 나무들에게 미안해하고 그들의 말 없는 대화를 방해나 하지 않나 조심스러워 하는 것이다. 그것은 시인만이

가지는 마음일 것이다. 표제작품으로 시인의 마음이
오롯이 표출된 작품이다.

　　맑은 날보다 소맷단으로 눈물 훔쳐 산 날 많았어
도 다 팔자소관이었다며 결국 곁으로 가야겠다던
당신, 이제 가슴에 지른 불 스스로 꺼 주실 아버지
함께 계시는, 말씀은 없었지만 한 번 먹은 마음은
어쨌든지 금가락지 옥가락지보다 더 重히 하란 당
부셨지요.
　　마음 갈피에 바람 드세 길 잃은 짐승처럼 헤매다
가 어머니 무덤 찾아 망초대 쑥 쥐어뜯다 언뜻 마루
청 옹이같이 번쩍이는 그 말씀, 환청으로 듣고 마음
갈피 다잡고 돌아서는 어스름 저물녘.

– 「歸路」 전문

　　십 남매 쪽배에 싣고

　　동지섣달 雪寒江을

　　홀로 넘는 울아부지

– 「조각달」 전문

시들은 들국화 마른 꽃잎에서도 꽃향기 나요

쓰러진 강대소나무 곰삭은 밑동에서도 솔 냄새
나요

고향 뒷등성이 큰바위 얼굴 먼발치로 보아도

일찍 세상 버린 아버지 생각나요.

－「향기」 전문

이러한 감정은 바로 존재에 대한 인식이다. 그야
천품이 착하고 어진데다 부모님 말씀이라면 죽는 시
늉까지 하고 자라 어린 시절 부모의 기대에 어긋나지
않으려고 부단히 노력하는 어린아이였을 것이다. 부
모님 말씀 한마디 한마디를 '금가락지 옥가락지' 보
다 '더 중하게 여기'라는 당부 아닌 당부를 지금도
잊지 않고 가슴속에 새기며 살고 있다. 어머니가 작
고하실 때 물려주신 유산을 아직도 손수 가시넝쿨이
며 잡풀을 제거하고 농작물을 심고 있다(「산밭」 「흙
내 맡고 싶었다」 등). 특히 가족에 대한 사랑이 지극
하다. 그 중에서도 아버지 이야기가 많다(「조각달」,
「향기」) 전문을 보면 아버지에 대한 기억들이 지금도

또렷하게 되살아난다. 십 남매 낳아 기르면서도 특히 시인이 아버지의 정을 많이 받고 자라, 어렸을 때의 기억을 고스란히 가슴속에 묻어두고 자기도 아버지를 닮고 싶은(「자화상」) 생각이 잘 나타나 있다. 어렸을 때 죽어서 보지도 못한 누님 얘기라든지(「큰누님」) 젊은 날 청천벽력같이 갑자기 죽은 형님 이야기(「망초꽃」) 아내와 어느 바닷가 여행 중에 민박집에서 맞이하는 봄 저녁 이야기(「봄앓이 1」) 등 작품의 이미지를 몰아가는 힘은 산만하고 포커스가 맞지 않아 완성도가 조금 떨어지지만 그의 순수한 시적 마음과 정겨운 서정성을 엿볼 수 있다.

하늘이 음울하다
바람이 말 없고
풀들 시름시름 앓는다.

밤새, 지구촌 어드메서
졸개미라도 한 마리
실족했나보다.

– 「詩의 눈」 전문

왜 그리

천방지축 날뛰느냐

백주 대낮에 곤드레만드레

길거리에 오줌 찍찍 갈기는,

인간만이 하는 짓

아닌가 보다

하느님도 심심하면

유하주에 大醉하여

아무데나 쉬 하는 버릇 있는가?

- 「여우비」 전문

　우주와의 교감이 돈보이는 시다. 밤새 지구촌에 무
슨 일이 일어나지 않았나 걱정하는 시인의 마음이 잘
표현된 작품이다. 세상에서 제일 작은 미물 '졸개미'
한 마리가 실족한 뒤 '하늘이 음울하고 풀들이 시름
시름 앓는' 것을 보니 시인의 마음이 편하겠는가? 시
인의 눈에 관찰된 사물들은 '여우비'에서도 잘 나타
나 있다 '하느님도 심심하면/ 유하주에 大醉하여/ 아
무데나 쉬 하는 버릇 있는가?' 유하주는 신선들이 마

신다는 술이다. 한낮 뜬금없이 소나기 한둘금 내리고 햇볕 쨍쨍 내리쬐는 날, 어린애들 장난같기도 하고 심술쟁이가 심술을 부린 것 같기도 한 날, 시인의 유연한 사고력과 상상력이 극도로 발휘된 작품이라 할 수 있다. 그러므로 좋은 작품일수록 관찰이 성찰과 혜찰의 수준으로 점점 발전하여 자연과 우주와 교감하는 것이다. 시인이 상상력을 키우고 독자와 소통할 때 우리가 추구하는 미래 지향성 문학이 될 것이며 문학이 살아남기 위한 새로운 출구가 될 것이다.

자연은 인간이 변화시킬 수 없는 영역이지만 우리가 원한다면 얼마든지 쉽게 접할 수 있고 그 혜택을 누릴 수 있다. 그러나 자연에 대한 시는 그 나름대로 독특한 파장의 에너지를 지니고 있어야 하며, 그 에너지가 보다 높은 상태를 유지해야 독자들과 어렵지 않게 감동으로 만날 수 있다. 좋은 자연과 있으면 그냥 기분이 좋아지듯 좋은 문학작품은 읽으면 금세 좋은 느낌이 온다. 이것은 다 같은 자연이라 하더라도 작품의 소재에 작가의 정신인 파장을 새겨 넣으면서 그것이 생명력과 객관성을 확보하기 때문이다. 자연의 소리와 색깔, 움직임, 생각, 생각 너머 상상 등을 하나의 주제와 연관시켜 나가면서 시어의 애매 모호성과 불연속성, 다원성, 임의성과 무작위성을 잘 극

복하여 이미지를 통일하고 균형감을 확보하는 능력
이 필요한 것이다.

저 山 묏부리
아스라한 벼랑 끝에, 질펀히
내 맘 내려놓을 수 있다면

울컥울컥 울음 울어서
그 슬픔 온 산에 저렇게
영롱한 꽃등 피울 수 있다면

나도야 나무들처럼 맨살로
칼바람 진눈개비 맞으며
청청한 사랑 아름 안으련만

— 「가을산에서」 부분

가을 산의 매력은 당연히 단풍이다. 푸르던 나뭇잎
이 노랗고 빨갛게 물이 들고 그것들이 온 산에 불을
놓은 것처럼 타오를 때 절정을 이룬다. 이 시에서 시
인이 얘기하고 싶은 것은 무엇인가. 주관이 빚어낸
환상이 아무리 아름답다고 하더라도 '과학적'이지
않고 '객관성'을 확보하지 못한다면 그것은 한 사람

101

의 자의적 묘사에 그치고 생명력이 없어 좋은 시라고 할 수 없을 것이다. 일상적으로 단풍 든 산을 올라 보지 않은 사람은 없을 것이다. '영롱한 꽃등' '칼바람 진눈개비' '청청한 사랑' 등 이런 시어들은 '가을과 맞지' 않는 시어이다. 직관이 떨어지고 계절 감각이 부족하지만 자연에 대한 경외심이나 자연을 노래하는 순수한 마음은 높이 살 만하다. 시인이 좀 더 세밀한 관찰을 하고 묘사를 하고 사유가 깊었으면 좋은 시로 태어날 수 있는 작품이다.

눈길 걷다가 작달비 생각난다고
어깨 들썩이던 사람아
강 속 덩그런 달 너무 곱다고
울먹이며 전활 주던 못 잊을 여자야

잊었느냐 그 약속, 어느 날
앞산 곰바위가 벌떡 일어나
세상 그리움 죄다 쓸어 간대도
우리들 사랑 변치 말자던

오늘도 고향 동구 밖 선돌로 서서
그리움 꽃밭 가꾸다

이우는 꽃잎 서럽고
떠나보낸 빈 가슴 바람처럼 차가운데

여자야, 못 잊을 내 사랑아!
이 봄 청매실밭 에두른 언덕배기
놀빛 젖은 찔레 향 그윽하여
이토록 네가 그리운 게냐?

– 「못 잊을 사랑」 전문

사랑 시가 없는 것도 이 시인의 특징이라 할 수 있다. 사랑하지 않고 사는 사람이 어디 있을까마는 '生의 존재'와 늘 함께하는 것이 '사랑'이라면 시인이 표현하지 못한 지고지순한 사랑이 있는 것은 아닐까 의심 아닌 의심을 해보게 되는 것이다. 하다못해 사춘기 시절에 마음 준 소녀라든가, 학창시절 또는 청년기를 지나면서 열병처럼 앓는 것이 '사랑' 아니던가.

이 시는 좀 어설프기는 하지만 진정한 마음이 담겨 있어 읽는 사람으로 하여금 입가에 빙그레 엷은 미소를 짓게 하는 시다. 한마을에서 같이 자라 온 여인을 사랑했던 시다. '강 속 덩그런 달 너무 곱다고' 전화를 하고 '앞산 곰바위'가 '세상 그리움 죄다 쓸어 간 대도' 변치 말자던 '사랑'이 어떻게 헤어졌는지는 모

르겠지만 나이 든 지금은 '동구 밖 선돌로 서서' 그
녀와 함께했던 시간을 반추하는 '가슴에 바람 든 사
람'이 되어 기다리는 '순정함'을 석양녘 찔레꽃 향기
가 퍼지는 봄 언덕에서 그리워 해보는 것이다. '지나
가는 것은 그립고 그리운 것이 많을' 수록 정신적 삶
이 풍족해지는 것이리라.

　사랑 앞에 시인은 순정하고 선한 마음이 된다. 사
랑이란 특수한 것이면서도 보편적인 것이며 내밀하
면서도 대중적인 것이다. 그러므로 많은 사람들이 사
랑의 포로가 되기도 하고 설렘을 갖고 오랜 시간 기
다리기도 한다.

　바람길 따라가는 生

　멀고 먼 길 득달같이 달려

　知天命 고개 넘고 나니

　이제, 귀나 순해지라 하네

　한 마름이 차도록

　세상 흥야항야 살아왔나니, 때로는

　발등 짓찧고 싶은 회한도

　가슴 저미는 슬픔도

　보일 수 없는 눈물 속에 묻어두고

얼풋이 보이는 남은 길

서둘지 말고 쉬엄쉬엄 가라하네

찌륵소도 붙여우도

마음 편히 들고 나게

묵정밭 된 마음, 다시 일구며

無量世界 가꾸라 하네.

- 「耳順」 전문

키 낮추고 몸집 줄이고

겹겹이 둘러쓴 인두겁 벗어야겠다

심보를 씻고 양심 헹구고, 욕심으로

뒤틀리는 창자 말끔히 비워내야겠다

허공을 바람의 무게로 날아

시려운 가슴에 꽃이 되고 싶다

쓰레기 같은 세상 순백으로 칠하고 싶다

순수한 내 빛깔로 평천하하다가

어느 순간 소리소문도 없이 스러져

아래로 아래로 스며들고 싶다.

- 「눈 내리는 창가에서」 부분

이 시에는 화려한 수사나 꾸밈이 없다. 시는 마음의 산물이기 때문이다. 관념어를 많이 사용하고 리듬감이 좋지 않는 것이 흠이지만, 시인이 환갑을 지나며 마음을 정리하는 것을 볼 수 있다. 젊은 날 직장생활을 하면서 책임자로 응당 간섭하고 꾸짖고 했던 일들을 '세상 홍야항야' 살았다고 자신을 탓하는 모습에서, 시인이 나이를 먹고 아귀다툼의 생의 현장에서 한발 물러서서 살아온 지난날을 되돌아보고 '발등 짓찧는 회한'이나 '가슴 저민 슬픔' 같은 것을 누구에게 말하지 못하고 혼자 삭이는 것을 볼 수 있다. 남아 있는 날들은 '찌륵소도 불여우'도 모두 가슴으로 품어, 다시 한 세계를 열어보고 싶은 마음을 '無量世界 가꾼'다고 다짐하는 것이다.

어느 겨울날 눈 내리는 창가에서 담배 한 대 피워 물고 우두망찰 서 있는 모습에서 시인의 쓸쓸함을 읽을 수 있다. '키 낮추고 몸집 줄이고' '허공을 바람 무게로 날아' 시인이 가고 싶은 곳은 어디일까. 또 하고 싶은 일은 무엇일까. '쓰레기 같은 세상 순백으로 칠'하고 싶다고 직설법을 사용하여 강한 의지를 표현했고 '아래로 아래로 스며들고' 싶다며 낮은 자세로 조심스럽게 남은 인생을 살고 싶다는 뜻을 표현했다.

뚜벅뚜벅 외길 걸어 왔다
어느덧 산천이 변한 세월 흘렀는데도
아직도 까치발이다

詩의 길은 갈수록 형극의 길
쫓기는 짐승같이 숨 차오르고
기인 목 넘보는 세월이었다
이제 물 본 기러기 날갯짓으로
마음속 큰 길 찾아가리

끝끝내 지평을 열고 열어
연연한 시 한 편 쓸 그날까지

– 「나의 길」 전문

　　시인은 지금까지 '나의 길'을 열심히 걸어 왔고 앞
으로도 '물 본 기러기 날갯짓'으로 '큰 길'을 가겠다
고 다짐한다. 그래서 마침내 '연연한 시 한 편'을 쓰
고 싶은 것이다. 가도 가도 '형극의 길'인 이 길을 힘
들어도 가는 것은 '삼류시인' 딱지를 떼고 '일류'로
들어서고 싶은 간절함이 엿보인다. 그러기 위해서는
많은 독서와 시작법을 충실히 공부하고 뼈를 깎는 각
고의 노력이 필요할 것이다. '좋은 시'가 아니고 '연

연한 시'라고 표현한 것은 '곱고 아름다운' 고향의 자연과 인지상정을 노래하고 싶은 시인의 마음이 잘 표현되어 있다.

그러나 시인이 앞으로 시 작업에서 몇 가지 조심해야 할 점이 있다. 고향에 집착해서 방언이나 토속어를 탐구하고 있으나, 관념으로 흐르는 애매한 표현이나 다소 보편성이 떨어지는 시어를 사용하는 문제를 극복해야 할 것이다. 시인이 시어를 창조하고 발굴하여 사용하는 것은 당연한 일이지만, 선명감이 떨어진다든가 독자가 이해하지 못한다면 굳이 사용할 필요가 없는 것이다.

서정성이 짙게 깔린 순수시가 독자의 마음을 사로잡고 얼마만큼 감동을 주는지는 시인 자신도 잘 알 것이다. 시는 설명해서는 안 되며 한 폭의 수채화처럼 선명한 이미지로 말해야 한다. 정확한 묘사와 사유가 있는 진술, 향토색 짙은 모국어로 순수와 진정성을 갖고, 다양한 상상력과 환상적 이미지가 살아나는 시를 쓰기 바란다. 누구나 읽어서 공감하고 감동하는 시, 시가 자기 혼자만의 독백이 아닌 독자와의 대화(소통)라고 생각하고, 앞으로 시 작업에 충실하고 절차탁마하기 바란다. 왜냐하면 시인은 '시'로 말하기 때문이다. 시인의 자화상은 그의 외면이 아니라 내면세계이다. 앞으로 시인의 길을, '뚜벅뚜벅 외길'을 걸어 '나의 길'을 가는데, '새로운 눈'으로 사방을 둘러보게 되길 기대한다.

숲 속을 거닐다

초판1쇄 찍은 날 | 2011년 9월 16일
초판1쇄 펴낸 날 | 2011년 9월 20일

지은이 | 강대실
펴낸이 | 송광룡
펴낸곳 | 문학들
등록 | 2005년 8월 24일 제2005 1−2호
주소 | 501−841 광주광역시 동구 학동 81−29번지 2층
전화 | 062−651−6968
팩스 | 062−651−9690
전자우편 | munhakdle@hanmail.net

ⓒ 강대실 2011
ISBN 978-89-92680-52-3 03810

· 잘못된 책은 바꿔드립니다.
· 책값은 뒤표지에 표시되어 있습니다.
· 이 책은 한국문화예술위원회의 문예진흥기금을 보조받아 발간되었습니다.
· 후원 : 광주문화예술진흥위원회 , 광주문화재단